푸른 독을 품는 시간

b판시선 54

유종 시집

푸른 독을 품는 시간

도서출판 b

살면서 삼 일을 넘지 못한 작심作心

을 다하면 못해도 내 적막에 닿는

숲길 하나쯤 내지 않았을까

오래 입었던 푸른 작업복을 그 작년 벗은 것 외

나를 증명해 보이고 싶었던 것들……

거의 잊거나 떠나보냈으나

시, 아직까지 놓지 못하고 있으니 애처롭다

호롱불처럼 흔들리던 불면의 밤들

비로소 밖으로 내몬다

부끄러움은 온전히 나의 몫이리라

| 차 례 |

시인의 말   5

제1부 그림자놀이

그림자놀이   13

월선리   14

문   15

앉은뱅이책상 앞에서   16

옛날 사진   18

집   20

가족의 해체   22

함포   24

절명   26

낮술   28

나이   30

학천   31

음 양   32

새, 새가 난다   34

눈물의 유아기   36

제2부 푸른 독을 품는 시간

푸른 독을 품는 시간   41

삐찌   43

승강문을 열다   44

소통   46

생   47

후야   48

세차   49

죽음에 관한 보고   50

파업   52

귀족   54

왜 그랬는지   56

루시   58

향우사업소 김 여사   59

고요한 밤 거룩한 밤   61

제3부 시인

시인   65

영동에서   66

고독사의 쓰임새   68

말들의 최후   70

8433호   71

성주   72

몽탄 가기 전에 74

공소 시효 75

안녕 77

망각 78

노안 80

성은당 82

신호등 84

테를지의 밤 85

제4부 나무는 나무

사랑을 잃었다면 89

무등을 바라보며 90

국밥 92

그날 이후 94

흰 꽃을 엿보다 96

피젯 97

폭설 98

시위 시위 100

미얀마로부터 ─ 봄 102

가거도 104

시칠리아의 암소 106

창불 108

전라도 여자 110

나무는 나무 111

ㅣ해설ㅣ 임동확 113

제1부

그림자놀이

그림자놀이

제 엄마 그림자 좇는 아이
엄마 몸속에서 쑥 고개 내밀었다
다시 들어가는 아이
'그림자는 어디서 왔어?'
몸속을 빠져나와 묻는 아이
'그림자는 왜 까매?'
제 옷 쳐다보는 아이
그림자에게 푸른 옷 입히고 싶은 아이
빨, 주, 노, 초, 파, 남, 보 색칠하고 싶은 아이
그림자를 발로 차는 아이
내 손 툭툭 차고 뱃속에서 놀았던 아이
나를 운동장 밖으로 차버리고 싶은 아이
'왜 그림자는 밤에 없어져?'
숨어 우는 울음소리가 궁금한 아이
고독한 영혼을 벌써 배우고 싶은 아이
그림자를 나보다 길게 늘일 줄 아는 아이
너무 빨리 크는 아이

월선리

물병자리에서 물이 쏟아지는데 저수지는 왜 마를까
겨울새가 배롱나무 가지에서 우네
예전 사랑을 고백한 사내는 말문을 닫았다는데
유형지流刑地 에 탁란하고 문고리 거는 여인들

사내 영혼 건져 말뫼봉에 가둘 때
죽은 사람은 산 사람에게 눈물을 구걸하지 않았는데
누가 그의 눈물을 건져 올릴까

겨울새는 어떻게 여름을 건너갈까
옛 얘기에 끌려가는 늙은 여자들과 갓난아기
아비는 어디에 있나

혁명을 위해 동네에 숨어들었다던 김일성종합대학 나온
사내는 죽고
전근대적 삶이 지겨웠던 사내는 물속을 걷고 있는 여름날
사의 찬미 부르는 이들이 무덤가에 현대적인
삶을 이식하는

문

　오십 개의 문을 열고 닫았다 아니다 문이 저 홀로 열렸다가 닫혔다 열리는 문과 닫히는 문소리가 소란스러워질수록 내 선택의 여지는 좁아지고 문득, 적막의 서랍이 조용히 닫히자 문의 형상은 바늘귀를 닮아갔다 일곱 번째 문이 막 열렸을 때 은종의 여섯 번째 문은 열리지 않았고 대신 진달래만 글썽하게 피었다 졌다 마흔여덟 번째 문이 열렸을 때 아버지의 발걸음을 기억하는 유일한 구체성의 문이, 어느 아침 소리 없이 닫혀 있었음을 어머니가 전언하였고 너무 오래 집을 비워 도둑이 들었던 것과 서둘러 떠난 부음 몇을 놓치기도 하였다 이제 오십 번째 문이 나를 열었다 내 소소한 일상들과 바람과 어둠의 관계가 명징해질수록 나는, 나를 좀 더 쉽게 부정할 수 있어 내 어깨는 가벼워지고 내 가슴은 조금씩 낡아가는 것을 알 수 있다 이따금 이를 변증하는 불규칙한 통증이 찾아오기도 하는데, 그럴 때마다 난 아주 먼 곳을 쳐다보는 습관이 생겼다 자꾸 뒤돌아보는 버릇도 생겼다

앉은뱅이책상 앞에서

공부는 아침 공부가 최고라고
아버지는 잠 덜 깬 오 남매 책상에 앉혔다
우리는 앉은뱅이책상 앞에서 눈 비비거나
배 깔고 엎드리거나 꾸벅꾸벅 졸거나
슬금슬금 화장실에 가거나
일어나지 않은 동네 이야기를 침 발라
일기장에 적기도 했는데

어느 날 탁발승에게
앞으로 일어날 이야기
보리쌀 됫박만큼 얻어들은 어머니의
솥뚜껑 닫는 소리는 조심스러워지고
그 이야기처럼 내 코밑 털도 거뭇해지고
나와 두 동생은 생솔가지 냄새 옷깃에 달고
앞서거니 뒤서거니 서울로 갔는데

아버지 돌아가시고 남매들은
누가 가르쳐주지 않아도 먼저 세상을 뜨고

짝을 들이고 아이 낳고 솔가해서
아이들 앞에서 아침 공부가
얼마나 소중한지 아버지처럼 이야기하는데

오늘 아침 나는 앉은뱅이책상 앞에서
꾸벅꾸벅 졸다가
슬금슬금 화장실 갔다가
내일을 당겨 적었던 어젯밤을
뒤로 하고
오늘로 출근하는 것이다

옛날 사진*

눈이 푹푹 쌓여
햇볕에 반짝거렸겠다.
시린 손 호호 불며
눈싸움했겠다

그러다
배고픔도 잠시 잊었겠다

버들가지 옆으로 졸졸졸
개울물도 흘렀겠다
논두렁 둑새풀 하얀 눈 밑에서
푸르렀겠다

눈 사진 찍다
쳐다본 푸른 하늘
좀 슬프기도 했겠다

복실이 새끼마냥 앙앙거리다

어쩌면 먼저 간 아이도 함께
그렇게 나란히 배 내밀고
눈 쌓인 날
사진 한 장 꾹 찍었겠다

아직
녹지 않은 사진 속 하얀 눈
빨개진 볼을 보면
손이 시려오겠다

* 이수복 시인의 「봄비」 이미지를 빌렸음.

집

늙은 여자가 바람벽을 붙잡고
오래된 슬픔 새기는 중입니다
바람의 귀가 열릴 때까지
머리로 벽을 쿵쿵 두드리는 중입니다
달이 차오르면 자식들 눈동자가
우물처럼 깊어지던 때를
여섯 개의 눈 위에 흙 뿌리던 날을

나무 기둥에 살이 올랐던 날들과
휘청이며 밭고랑 세던 날들을
귓속에 부리는 중입니다

그녀는 밭 한가운데 허가받지 않은
집 한 채 짓고 살았습니다
하루 이틀 삶 세 내가며
때로는 내일을 미리 당겨 써가며
바람벽을 붙잡고 있었습니다
해가 들었다 지고

달이 들었다 졌습니다
소쩍새 울음소리가
여러 날 부뚜막에 앉았다가
그녀의 어머니에게 쫓겨 가기도 했습니다

늙은 여자가 바람의 귀를 열고 있습니다
그동안 허가받지 않은 슬픔이었더라도
용서하시라고
어느 날 곡진한 이별을 고할 때
꼭 한번 들리겠노라고

가족의 해체

방을 누르면 추억 같은 것
지나온 우울 같은 것은 이렇게 해체된다
ㅋ ㅋ
ㅠ ㅠ

:)여자가 들어왔다가
누구세요?
누굴까 말을 씹네?
소리 나지 않게 말을 씹은
' :) 여자님이 방문을 열지 않고 나갔습니다'
아버지도 어머니도 부재중인 방에
들어왔다 나간 여자는
옛날 육박을 밟던 아버지의 젊은 애인이었을까
비밀을 말하지 않아도
ㅇ ㅇ

이 방은 오염되어 이 시간부로 폭파
♠ ♠ ♠ ♠ ㅎ ㅎ ㄲ ㅈ

누나가 먼저 캘리포니아로 날아갑니다
동생은 행적을 밝히지 않고 나갑니다
막내는 말없이 나갑니다

해체된 꿈들이 묻힌 방
바람만 드나드는 방
곧 사라질 방들이여
ㅂ   ㅂ

함포

땔나무라도 지고 오일장 갈 때
빈 지게 지고 남들 따라 쫄레쫄레 장에 가던 함포가 있었다
지
황산인가 화산에 살았다던 남자
그 이후 해남 땅에 함포 같은 놈들이 자꾸 늘었다지
아버지 성에 차지 않는 나도 함포 같은 놈이었는데
우리 동네에 나 같은 함포 몇 동무하고 살았는데
그는 평생 한 고을에 자기 닮은 자식들 많이도 슬어 놨다는
것인데
지금은 버스 타고 20분 거리 대흥사를 그 옛날
한여름 염천에 우리 어머니들은 새벽밥 먹고 걸어 계곡물
맞으러 갔다지
여자들만 여름 한낮 잘 살고 나와 밤이 이슥해서 돌아오곤
했다지
집에 돌아와 땀에 젖은 몸 부리며 남정네 투정이야 볼그데
데한 얼굴로 웃어넘겼다는데
지금 생각하면 그 함포라는 남자
대흥사 부처에게 치성 올리는 아낙네들에게 법문 내리는

혈색 좋은 중이 되었는지 몰라

　남정네들은 깨 팔러 먼 길 떠날 때까지 함포의 종적에
대해 모르는 것 같았다지

　내 자식도 함포 같은 애비 닮았지

절명

나락에 떨어져도 기어오르지 않으리라
바닥을 몇 번 헛짚었는가
13층에서 12층으로 11층으로
끊임없는 허공의 비웃음
초점 잃은 눈들이 벗어 놓은 희망 다시 잡고 싶지 않아
타인의 피로 덤처럼 얹히는 며칠 치 삶 구역질해서
토하고 싶어
눈알도 심장도 똥구멍도 연민도 밖으로 내동댕이치고
싶어

11층에서 지상으로……,
기어코 땅속에 파묻혀
어제 손 놓아버린 청년 옆에 순장되고 싶어
흙 속에서 잘 탈골되고 싶어
침대 모서리에서 수십 번 뒤적거렸던
체*의 죽음이 부러웠던 것은 혁명의 열정보다
볼리비아에서 몇 발의 총탄으로 절명했던 것
체처럼 붉은 피 콸콸 쏟으며 절명하고 싶어

눈감으면 벽을 타고 흐르는

저 울음소리 손 내밀고 싶지 않아

밤마다 눈 감고 싶지 않아

지상에서 지하로 암흑 속으로

오늘 밤에는 기어오르지 않으리라

누군가 웃으며 나에게 독주 한잔 권했으면

마지막으로 웃어주며 로비에 전시되던 풍경에 안녕

투명한 손 흔들며 독주 한잔 꿀꺽 삼키고

열 손가락 뭉개지도록

땅거죽 파헤치고 흰 피 모조리 쏟아내고 마침내

깊고 깊은 적막의 심지 위에 눕고 싶어

곁을 떠나지 못하는 설움 몇 개와 함께 순장되고 싶어

누군가 부르는 소리 꿈속 같아서

눈뜨지 않아도 되는 암장이면 더 편안하겠어

* 체 게바라.

낮술

1

큰애는 졸업식에 가지 않겠다며 낮술을 마셨다. 내내 자식 얼굴 쳐다보는 나에게 "엄마 그만 식당에 가 엄마" 아이는 자꾸만 손을 내저었다. 좀 일찍 들어간다고 그새 주인이며 세상이 부드러워지겠느냐며 빈 잔을 가득 채웠다. "대학 졸업만으로도 엄마의 삶이 든든해지겠네" 아이의 손을 잡았다. 따뜻한 슬픔이 만져졌다.

2

아르바이트라도 하려면 중고차를 구해야 했다. 나는 아버지가 사는 안산安山에 올라 보험 대출해간 팔십만 원을 내놓고 그의 차를 끌고 내려왔다. 차는 얼마 전 세상을 떠난 할아버지처럼 곧 세상 밖으로 기어갈 태세였다. 왜 아버지는 하필 안산에서 바스락거리며 마르는 걸까, 집으로 돌아와 엄마 보험약관을 몰래 들여다보며 울었다. 차를 본 엄마는 속인 놈이 나쁜 놈이라며 혀를 찼다. 낮술에 진탕 취하고 싶었다.

3

　일이 없어 며칠째 공치고 있었다. 병약한 여자 병원비가
밀려 있었다. 안산에 올라온 큰애에게 아직 쓸 만하다며
차를 내놓았다. 졸업 축하한다고 팔십에서 십만 원을 뺐췄
다. 굳어 있는 아이 손에 차 키를 건네고 돌아섰다. 제 엄마
안부 묻고 싶었지만 그냥 돌아섰다. 많던 재산 탕탕 깨먹고
나니 아주 뻔뻔해졌다는 소리 많이 듣고 살았다. 오늘은
비에 젖어 공친 날, 못 마시는 낮술이라도 마시고 싶은
날이었다.

나이

유영진은 다섯 해를 살고 있다
손가락 나이는 뗐으니
이제 제법 눈도 깊어졌다
할아버지 제상 앞에서 한참
골똘하더니 속 깊은 말을 꺼낸다
'큰아버지 여섯 살 되려면
십 년은 있어야지'
지어미 바짓가랑이 잡고서야
말발 좀 서는 놈이 호방하게 십 년을 그리다니
허, 어떻게 그 긴 세월
진득하게 붙잡고 있으려나
배꽃 같은 시간 얼마나 모아야
여섯 살이 될까
우리는 음복을 하고
쓸데없는 걱정을 하는 사이
아이의 새근거리는 밤이 깊어간다

학천

여자가 전정가위를 들고 들어왔다
밖에는 뭇 발자국들의 알리바이를 증명할 만큼
눈이 쌓여 있었다
쌓인 눈 위로
빈 들을 쓸고 가는 바람의 공증 외에
간밤 작은 번민과 고단함과
허기진 고라니 한숨이 찍혀 있었다
불면으로 뒤척이던 그녀는
소리 없이 나갔다 들어와
언 몸을 아랫목에 밀어 넣으며 부르르 떨었다
내가 그것들을 쳐냈어
여자의 목소리가 싸락눈처럼
가슴팍을 때리고
이불 속으로 흩어졌다
곧 아랫목이 축축하게 젖기 시작했다
나는 그녀가 쳐낸 그 무엇을 묻지 않았다
학천으로 들어온 지 한 해가 지나
첫눈 오는 날이었다

음 양

구월 십오일이나 육일 벌초해야지요

아니 팔월 초여드레나 이렛날 해야 돼
빨리하먼 그새 풀이 우북하드라

그럼 장은 언제 가실 건가요
한 일주일 전에 가셔야지요

그라제 고기 간하고 할라먼 한 장물 전에 가야제
그때 가야 고기도 싸고 물건도 많이 나고

아버지 제사가 추석 지나고 구월 이십육일이지요

구월 초하룻날이 지사다
명종이가 바쁘단디 올랑가 모르것다
느그 아부지 잘 안 보이등만 어젯밤 꿈에 뵈드라
항시 몸단속 잘하고 살아라

나는 일천구백육십삼 년 음력 유월 십육일 그녀의 몸에서
나와 울었다 처음으로

새, 새가 난다

품에 안긴 아이가 운다
서럽게 울 수 있는 꿈을 꾸었는가
꿈이 밖으로 나오다니
너는 행복하겠다
나는 거미줄로 지은 집에 살았다
기억 속 그 집은 질기고 견고해서
울음소리조차 밖으로 나갈 수 없었다
방문을 열면 꽃이 지고
방문을 열면 눈이 내리고
방문을 열면 누군가 먼 길을 떠났다
어느 날 비문을 먼저 익힌 아이가
허공을 가리키며 새, 새가 난다고 했다

때론 찰나가 한 생애를 잡아 이끈다
백야(白夜)의 들을 건너와
비로소 늙어버린 시인은
작은 가슴에 질기고 질긴
거미집 한 채 지어

오랫동안 어린 자식의 죽음을

칭칭 동여맸는데

내송 반송 외송리를 넘어

금자리에서 집이 되지 못한 소나무를 본다

해남 가는 길

꿈 밖으로 나온 새 한 마리

서쪽 하늘에 서럽게 지워진다

눈물의 유아기

입立

걸음마를 막 뗀 아이가
구정물 통에 거꾸로 처박혔다
누군가 엉덩이를 치켜들고
손바닥으로 두들겨 숨을 텄다
입술이 퍼렇게 질린 아이
울음을 치는
매질이 가혹했다

상傷

토방에서 놀던 아이가
기우뚱한 세상을 못 이기고
댓돌에 머리를 박았다
이해할 수 없는 날들도 이해해야만 하는
첫날이었을 것이다
기억에 없는 첫 상처가
아이의 머리에 남았다

애哀

물가에서 진달래꽃을 따던 아이가
물에 빠져 죽었다
부모는 환장해서 울었고
죽은 아이보다 한 살 더 먹은
어린 형은
부모의 울음이 너무 무서워
같이 울었다

낙樂

막걸리 심부름을 하던 아이가
주전자 뚜껑에 술을 따라 맛보았다
몇 번을 그랬다
심부름 가던 길보다
오던 길이 배는 멀었다

사死

봄 아지랑이 피는 고개를

하늘네가 상여 타고 넘었다
동네 청년 넷이 떠메고 가는
상여는 꽃도 없어 쓸쓸했다
동냥 바가지 들고
멀뚱히 서 있던 그녀처럼

읍泣

갓난아기가 울지 않자
아비가 엉덩이를 찰싹 때렸다
나는 어젯밤 누군가에게 엉덩이를
얻어맞고 울었다
갓난아기처럼 울었다
살아 있다고

제2부

푸른 독을 품는 시간

푸른 독을 품는 시간

부족한 시간 보충하려
시간 밖에서 시간을 때우고 있었지요
기름밥 땀나게 먹던 시절은
사실 푸른 독 데쳐 먹던 날들을 이어 붙인 것 같았지요
시간 밖에서 시간을 끼니처럼 때우던 푸른 시절은
우리밖에 부를 수 없는 흘러간 유행가 같아
늘어진 빨랫줄에 매달린 낡은 작업복 같아
곰곰이 되짚었어요 결함을 찾을 때까지
몇 번을 되짚어가다 꼬박 날 샜던 것처럼
어떤 겨울날은 시간 위에 시간을 껴입었어도
원인불명으로 기록되었지요
그런 날은 차라리 냉정하게 모든 원인을 짓이기고 싶었어
요
시간 밖에서 공복을 달래는 술병이 적금
깨서 탕진한 눈물 같았어요
인과는 우리와 아무런 관계없는 것처럼
무심하게 흐르더군요
지금은 한 시절 철로 위를 걷던 동지들에게

손 내밀어야 해요

푸르게 눈 뜨던 시간 푸르게 빛나던 출발신호기와

푸른 작업복과 시간 밖 푸른 청춘에게

알맞게 데쳐져 입맛 다시던 푸른 독들에게

이제 안녕 작별의 손 내밀어야 해요

이제 안녕

삐찌

꽉 다문 입이 완고하다
듬성듬성 이빨 뽑힌 자리에 붉은 이끼 돋고
따뜻한 온기로 전해지던 믿음은 선로 변에서 식었다

어느 생 한번 단단히 조여본 적 없는
초로의 노동자는
붉게 자란 이끼들
돌무덤이라도 쌓아야 하는데
"눈 한 번 깜박할 사이"도
무덤에 얹어야 하는데

오늘 비가 오네
질긴 철야를 똑똑 끊어내던
녹슨 이빨이 비에 젖네
직립보행을 익히지 못한
두 다리가 비에 젖네

승강문을 열다

PCB기판* 램프가 깜박거리는 건
다시 이십사 볼트 온기로 당신 방문을
노크하는 것입니다
사백사십 볼트 고압으로는 잡을 수 없는
당신의 완고함

세상 슬프고 고독하고 시시한 영혼들일지라도
딸칵, 상처 난 손가락으로 수신호를 보내면
수백의 접점들이 일제히 문을 열어
당신과 내가 가고 오던
내밀한 길가에 촛불을 켜는 것입니다
그 비밀스런 회랑을 따라
사소한 일상들이 자글거리고
선창에 서 있었던
내 불면의 밤들도 조심조심 만나보는 것입니다

이십사 볼트 작은 온기로
당신들 수많은 방문이 와자지껄하게 열리고

손잡은 아이들 초롱초롱한 눈망울이
유리창에 매달리면
손바닥 도장 같은 푸른 소망들을
멀리멀리 실어 보내는 것입니다

* PCB기판: 열차 승강 자동문을 제어하는 회로기판.

소통 疏通

　디젤기관차 기관 공기함 핸드 홀 커버의 조임 수치는
따로 정해진 게 없다 밸브 손잡이를 적당한 악력으로 돌리다
새끼손가락이 묵직해진다 싶으면, 렌치로 다시 한 바퀴
반을 돌려가며 홀 커버 조임치 음원을 찾아낸다 투명한
합금강 신호음은 손가락들만 들을 수 있어 '쨍' 하는 화음和音
이 잡힐 때까지 몇 번의 몸 신호를 보내고, 손가락 촉수로
만져지는 음보音譜를 온몸 구석구석에 각인시키는 것이다
사람과 기계가 만나는 접점이 찍히는 날 사람은 기계를
닮아가고 기계는 사람을 닮아간다 사람은 비로소 기름밥을
먹고 기관차는 철마가 되어 철길을 내달리는 것이다 언젠가
먼 길 달려온 기관차 배장기에 맺힌 핏물을 조심스럽게
닦아낸 적이 있었다 우리는 배장기에 얹혀 있는 상처를
달래며 종일 휘청거렸다

생

정기 검수 차량 볼스타*에
붙어 앙버티는 머리카락 몇 올
양지바른 곳에 묻어 주었다
1톤의 무게를 버틴다는
안전화 발끝으로 꾹꾹 눌러 다졌다
잠시 흔들렸던 생
안에서 단단하시라고
이제 세상과 불화를
끝내시라고

* 볼스타: 철도 차량 전 중량을 받치는 하부 주행 장치.

후야

  쪽잠 자고 일어나 공구대 차고 무전기 챙겨 전야에서
밀려온 불량 차 들여다보다가 정 불량 못 잡으면 검수 주기
훑어 이 년 검수로 회송 보낼까 주간조에 밀까 잔머리 굴리다
가 애꿎은 차륜 이완 박리 높이 두께 넓이 재다가 얼마
전 막차 떨치고 발 동동 구르던 여자 얼굴 파업 나갔다
징계 먹고 복귀하지 못한 동료 생각에 다시 한번 살피는데
그동안 꼼꼼하게 들여다봤던 것들 지나고 나면 지는 꽃이었
고 필생 끝에 찍히는 한 장의 영정사진 같은 것이었는데
두 개로 나뉜 불면의 밤이 밝아 오네 오늘 첫차가 출발하네

세차

젊은 여자가 기관차에 부닥쳐 죽었네
그러니까 그녀는 스물몇 해의 생을
기관차 정면에 대고 깨부숴버렸는데
이런 젠장 기관사가 또 며칠 실종되겠군
환영을 보겠군
악몽에 시달리다
결국 차를 내릴지 모르겠군
우리는 기관차에 붙어 있는
그녀의 실패 희망 절망 사랑 따위를 걸레질하겠군
입 닫고 마구마구 세제 뿌려가며
지워지지 않으려 안간힘 쓰는 본능마저
세차 솔 바꿔가며 빡빡 문질러 닦아내겠군
며칠간 차고에 망치 소리만 땅땅거리겠군
이런 니미 옆 동료에게 쌍욕하는 신참
달래려 술 퍼마시겠군
이런 지랄 눈물 글썽해지는 날이 늘어가겠군

죽음에 관한 보고

비린내가 낮차에 걸려왔네 검수비트 안에서
점검하는 여자의 비극적 종말이라니
어떻게 달래야 하나 죽음의 흔적 떼어 내지 못한
기관사처럼 실종되어야 하나
오산 지나 그대가 마지막으로
걸었던 길에 촉수를 대야 하나
저 파행 어떻게 수습해야 하나

말들이 전화기 속에서
빠르게 쏟아지네 저 조급함들
육하원칙에 다 집어넣을 수 없는데
A4 한 장으로 끝내라고 하네
보고서는 아 씨발 욕처럼 관행적이네
저 지독한 비린내를 어떻게 종이 한 장으로
닦으란 말인가

하루가 질긴 힘줄처럼 연결기에 걸려 있네
아이처럼 따라온 그대 변명은 누락될 것 같은 날

구내 밖은 만화방창 하시절인 것 같은 날
보고서에 그대 눈물 한 방울도 염※하지 못한 날
수정된 사고보고서는 이렇게 끝난다네
원인불명
열차도 죽음도 이상 없음

파업

파업을 선언하면 낯설다

기차가 낯설고
새벽안개가 낯설다

점검 함마를 쥔 손이
오너라 가거라 깜박이는 전호등이 낯설고

오래된 동료가 갑자기 낯설고
아이들 얼굴이 낯설다

투쟁 명령 사수하는
우리들 진로가 낯설다

그러나 파업은
마이크를 위한 석탄*

모든 노동자에게 던지는 석탄

스패너 쥐었던 손으로 깃발 흔들며

때로 다가오는 낯섦도 껴안고 가자는 것

* 베르톨트 브레히트의 시 제목.

귀족

귀족 귀족 귀족
귀족을 부르짖는 족族들은 누구인가
나는 정치 사회적으로
하루하루 기름밥 먹는 자인데
어느 날 갑자기 귀족으로 신분 상승한다
파업을 선언하면 평소 위민 위민하던 족들이
낯빛을 바꿔 노동자를 귀족으로 둔갑시키고
사냥감으로 몰아
논리 정연하게 한 입 크게 문다 뜯는다
귀족이라면 말 타고 견마 잡히는 노비 거느려야 하는데
고급 승용차도 기사도 없는 나는
한 달 벌어 한 달 먹고사는 월급쟁이 노동자인데
귀족이란다

자유 평등 정의 내세우는
사학재벌 독점적 정치족이여
말로만 귀족 하지 말고
당신이 열차 받고 보내봐

기름때 묻은 장갑으로 브레이크라이닝 한번 갈아봐
수십 수백 톤 쇳덩이에 갈리고 이만오천 볼트에 터져
죽어봐
선로 안으로 뛰어든 생의 마지막 눈과 한번 마주쳐봐
이런 귀족 같은 개좆같은

왜 그랬는지

　시절이 하 수상하던 87년도 어느 날
철야를 해독하려 동료들과 역전 명수식당에서 시작된 해장
순례를 날 저물 무렵 끝내고 터벅터벅 자취방으로 걸어가던
길목, 파출소 앞에서 불심검문 당했네 늘 지나치는 앳된
방위 얼굴이며 늙수그레한 차석 얼굴도 오며 가며 제법
익었는데, 신분증도 없이 아침에 나갔다가 아침에 귀가하는
놈 정체를 시국에 빗대 벗겨보려 했을 심사는 나중에 헤아렸
다 치지만, 불심검문당하는 것보다 퇴근하면서 사물함에
처박혀 있던 기름때 묻은 작업복이며 고린내 나는 양말
따위 욱여넣은 가방을 용케 잊어버리지 않고 하루 종일
메고 있었는데, 자꾸 속을 열어보려 하는 차석이 괘씸하여
기 쓰고 가방 붙잡고 있었는데, 방위놈 둘이 합세하는 바람에
기어코 속이 뒤집혀버렸네 절어 있는 며칠 치 땀내가 쏟아져
버렸네 내가 진심으로 자기들을 죽일 기세라 맘 급한 차석이
손 빠르게 사무실에 연락하고 철야하는 동료들이 달려와
간신히 뜯어말리고 사정하여 달성동 자취방에 데려다 놓았
는데, 방에 주저앉아 가방을 열고 꺼낸 기름때 묻은 작업복에
게 미안하고 눈물도 나는지라 다시 파출소 쳐들어가 한바탕

기어이 뒤집어엎었는데, 본서에 연행되어 하룻밤 꼬박 새우고 아침에 훈방되어 나오는 길이 출근길, 국밥 한 그릇 말아먹고 선로 따라 터덜터덜 걷던 길이 왜 그렇게 아득하던지, 그 뒤로 검문했던 국토방위는 보이지 않고 늙수그레한 차석과는 정식으로 얼굴 트고 살았는데, 나는 그때 왜 기름때 묻은 작업복에 속이 뒤집히고 눈물이 났는지, 아흐 한세상 확 뒤엎고도 싶었는지

루시*

뱀은 옷을 벗는 대신 허물을 벗는다지 낯선 사람 앞에서
옷 벗는 부끄러움은 인간의 몫
사과 한 알로 너는 사람에게 부끄러움을 가르쳤으니
청출어람은 네 가죽 벗기는 것
나는 여자와 몸 섞어 쾌락을 탐하는 죄를 졌으니
이제 회개할 일만 남았는가
갓난아이의 죄는 내 것인가 아니면 아이의 첫울음인가
만국의 노동자여 섹스 후에는 담배 한 모금 깊이 빨아라
그리고 서로의 죄를 경건히 경배하라
그리고 오래오래 슬픔을 받아내라
숙명의 파동을 견디다 보면 원죄인을 발굴한 자가
듣고 있던 노래가 흘러나올 것이다
Lucy in the Sky with Diamonds*
회개를 신에게 떠넘기는 호모사피엔스 사피엔스에게
그녀는 뱀 가죽 벗기는 노동자였을 것이다

---

* 루시: 인류의 가장 오래된 공통 조상으로 추측되는 오스트랄로피테쿠스 아파렌시스의
최초 화석에 붙여진 별명.
* 비틀즈의 노래 제목.

향우사업소 김 여사

이것저것 안 해본 일 없지만 딱히 잘하는 일도 없어 못하는
일도 없어
손맛 좋다는 말에 백반집 차렸다가 털어먹고 입맛도 살맛
도 잊어버려 세상살이 호지부지할 때 딱 일 년만 해보라는
친구 말에 기차 쓸고 닦는 향우사업소 들어왔는데
한 일 년 해볼까 하다가 애들은 커가지
서방은 골골하지 밖에 나가봐야 거기서 거기
몇 년 더 버텨 옛날 식당 했던 손맛으로 작은
분식집이라도 차릴까 하다가 잘못하면 입맛도 세상 살맛
도 영영 버릴 것 같고
애들 취직하면 그만둬야지 하다가
골골하던 서방 죽고 애들은 벌써 시집 장가들어 손자도
봤으니 쉬어야지 하다가
혼자 집에 들앉아 봤자 속만 허전할 것 같고
삭신도 예전만 못해 어깻죽지에 파스 떨어질 날 없어
올까지 하고 그만둬야지 하다가
늘그막에 밖에 나가면 누가 받아주나
손자들 용돈벌이라도 해야지

그러다 보니 이십 년

생전에 기차 청소할지 몰랐네

차 쓸고 닦는 일로 늙어버릴 줄 몰랐어

남 발자국 손자국만 닦을 줄 알았지

원수 같은 서방 밥숟가락이라도 들 때 손 한번

닦아줄 것인데

이왕 갈 것 깨끗하게 해서 보낼 것인데……

그래도 손자 하얀 손 쳐다보면 이뻐 죽것어

꺼칠한 내 손가락 잡고 꼼지락거리는 것 보면 이뻐 죽것어

고요한 밤 거룩한 밤
− 무안역 구내에서 선로 작업 중 순직한 한 철도노동자를
   기억하며

내세의 밤 차단기에 걸려 오지 않을

약속은 지켜지지 않고 꽃잎처럼 흩어져버린

무안에서 무탈을 빼앗겨버린

안개 자욱한 철길

철야 작업 끝 쓴 입맛 다시던

무개차 위에서 무엇을 보고 있었는가

두꺼운 밤의 겉옷 한 꺼풀씩 벗겨내면

새벽이 오고, 또 새벽이 오고

그리고 또 허기진 새벽

아내와 어린아이들 뒤로하고

안개에 묻혀버린 젊은 철도원 눈동자

밤은 고요하고 거룩하고

첫닭이 울기 전 너를 부정한

그날 새벽이 선로에 찍혀 신음하네

열차가 그냥 선로 위를 달리는 것은 아니네

제3부

시인

시인

몽골 초원 며칠 쏘다니다가
마두금 켜는 소리 아득한 사막을 건너다가
날이 밝으면 마르크스 걸린 벽을 보고
한 시간쯤 명상에 잠긴다는 시인*의 말
모래처럼 씹었네
사위는 노을 등지고 초원에 선 유목민 눈을
호미처럼 흐르는 툴강의 뒤척임을
연인에게도 들리지 않게 가만히*
안으로 흐느끼는 마른 눈물 두 손으로 받았네
자궁에서 흐르는 붉은 피 꼬리로 닦아 내며
사막을 걷던 낙타 눈물 같은

* 담딘수렌 우리양카이: 몽골의 시인,
* 담딘수렌 우리양카이의 시 「낙타처럼 울 수 있음에」 중.

영동에서
— 전국 노동자문학회 대동제

장맛비가 칠월 초입을 들이치고 있었다
낯선 시간과 더불어
하루 낮과 밤을 잇대는 치열한 말들이
사납게 내 얼굴을 두들겼다
시가 노동을 위한 것인지
노동이 시를 위한 것인지
종잡을 수 없어 폐교 운동장으로 나갔더니
박영근 시인이 병술과 더불어 홀로
저 혼돈의 말들을 묵묵히 비우고 있었다
그러다 마지막으로 남은 노래를 불렀던 것 같다
'비는 내리고 지나온 발자국마다 빗물이 고이고'
끊어졌다 이어지는 빗소리를 삼키는 것인지 뱉는 것인지
나는 옆에 앉았다가
내리는 비를 받지 못하고
물소리 와글거리는 냇가를 서성였다

비에 젖은 하룻밤은 길고 길었고
축축한 전망은 무거웠고

견디다 못한 모 시인은 제 머리를 빡빡 밀고
우리 앞에 서서 울었고
우리는 그 모습을 보며 웃었다
새벽녘 빈터에 잠시 누웠다가
형이 부르는 노래 또 들었던 것 같다
빗줄기에 갇혀 신음처럼 그날 밤을 관통하던
길고 깊은 통점이
운동장 한가운데 박혀 있었다
그 후로 시 쓰는 일은 오랫동안
그의 노래를 듣는 것 같은
괴롭고 괴로운 일이었다

고독사의 쓰임새

술병으로 쌓은 그의 성벽은 너무 허약해서 성문이 열리자
도미노처럼 허물어져 버렸어요
이미 고집스럽게 부풀어 오른 시간이
아날로그적으로 문틈을 빠져나와
긴 여로를 다듬고 있었지요
그는 오십 대였고 가족이 있었고 잠시 생계 활동을 한
기록이 전부였어요

전문가들이 킁킁거리며 냄새나는 절망을 부검하고 고독
사로 판명했어요
그는 치사량의 고독을 삼키고 방문을 닫은 거지요
처방전에 기록된 처방은 미리 부패되어 있었다고 해요
분석가들은 이들을 이민족으로 특정하기 시작한 것 같았
어요

저들이 위험신호 내보내면 세상이 경계 태세를 강화하는
걸까요
전기를 먹는 자들이라 전력 체크하고

블랙홀처럼 빨아먹는 빛을 감시하기 위해
방안의 조도를 관찰하는 걸까요
드디어 세상에 빛을 삼키는 종족이 출현한 거네요
무서워라 빛을 빼앗길 지구라니

수만 년이 지나 세상 밖이나 안에서
인간의 몸을 숙주로 삼았던 고독이 알코올과 이력서와
함께 발굴된다면
인간의 형상을 한 새로운 종족으로 분류될까요
깊은 그늘은 격리된 울음소리조차 삼켜버렸는데
수십만 년이 지난 어느 날 흐느끼는 울음소리가 무덤에서
걸어 나오면
인간보다 진화한 종족이 어떻게 멸종되었는가 분석될까
요
그래서 빛을 삼킨 고독은 일급 비밀문서로 영원히 밀봉될
까요

말들의 최후

　바닷가 찻집에 사람들이 가득 담겨 있네 삼키지 못한
말들이 넘쳐 차탁을 더럽히고 아이의 옷에 얼룩지네 찻집
옆 이팝나무꽃은 피어 전생을 살다간 사람들 절망 또는
분노가 이만큼 자랄 수 있다고 그래서 해마다 시청 용역들은
전생의 절망과 분노가 세상을 덮어버리기 전에 자르는 것이
라고 누군가 말하는 것 같아 검은 커피에 얼룩진 아이가
이팝나무 잘려 나간 가느다란 팔을 가리키지만 찻집에서
너무 많은 말들을 쏟아낸 그녀는 곧 쓰러질 것 같아 아이의
팔을 잡고 집으로 가네

　용역들이 침묵 속에 지친 여자를 프로크루스테스 침대에
묶어놓고 길게 자란 혀를 잘라 바다에 버릴 것 같네 토막
난 말들이 출렁이는 파도에 부서질 것 같네 용역들이 이팝나
무를 자르고 과거를 자르고 현대사를 자르고 사지를 자르고
혀를 자르고 자르다 보면 마구마구 절단난 전생의 무덤들
위에 언젠가 우 우 우 늑대처럼 우는 종족이 출현하겠네
말들은 바다를 떠돌거나 땅속에 묻히겠네

8433호

　떠오르지 않는 단서斷書, 어젯밤은 아무 일 없었다 투명한
여인이 실려 갔을 뿐 소곤거리는 발소리만 닫힌 기억 속을
떠다녔다 간호사가 약병을 들고 들어왔다 누군가 희게 웃었
다 병 주둥이에 매달린 가느다란 희망줄에 하루를 맡기는
것 그 여자가 최면을 거는 것일까 내일 모레 글피…… 영원을
꿈꾸는 수형자들, 난 단서를 잡기 위해 매일 밤 술래였지만
매번 하얀 피가 맺혀 있는 도마뱀 꼬리만 붙잡고 있었다
아내는 내 몸에서 도마뱀 냄새가 난다고 했다 사랑한다
사랑한다 사랑한다 사랑한다 사랑한다 그녀 앞으로 붉은
혈서를 보내고 싶었다

　장 선생이 엠제로*로 찍혀 들어왔다 명퇴 서류 속에 실핏줄
같은 날들이 꼬물거렸다 투명한 여인의 남편이 창밖을 바라
보고 있었다 오래된 상처 하나가 천천히 한길로 들어서고
있었다 다시 밤이 오고 눈 감아야 한다는 것, 떠야 한다는
것, 감아야 한다는 것, 떠야 한다는 것, 떠야 한다는 것

* 엠제로(M0): 급성 골수성 백혈병을 가리키는 병원의 기호.

성주

치명적인 시절입니다 다가오는 시절도 치명적일 것입니다
신처럼 떠받드는 날들이 급작스럽게 커브를 그리며
발밑에 떨어집니다
광장에 선 아이가 바닥에 뒹구는 공을 주워 투수처럼
실밥을 살핍니다
살아가면서 주 무기 하나쯤 소지해야 한다는 듯

피조물의 반성들이 열정적입니다
창조주와 경계가 깨질 것 같은 날
편의점 의자를 당겨 앉아
저곳의 경계가 어디쯤인가 캔 맥주 마시며
참외 싣고 털털거리며 경운기 모는
노인을 클로즈업해봅니다
노인은 뺏길 것이 없어 두렵지 않겠지

광장이 토요일 밤의 열기로 녹아내릴 것 같습니다
무대에 오른 여자가 늑대처럼 울부짖습니다

여인이여 자책하지 마라
지나간 날들은 치명적이지 않았으니
신이 내린 선물이었으니
그대 아이가 신의 말을 전달하는 시인이 될 것이니

몽탄 가기 전에

노파가 승무원을 불러 세운다
"에말이오 몽태이 머크요 안 머크요"
골진 손등 위에
가을 햇볕 한 줌 부스럭거리고

몽탄에 묻혀 있던 말들이
잠깐 노파의 몸을 빌려 나왔다
다시 돌아가는 시간

동동거리며 기다린 말들에게
선창에서 묶어온 물큰한 비린내
풀어 놓을 시간

먼 기억 저편 옛말의 집
만장輓章 앞세우고
꿈의 여울 건너
돌아갈 작은 집 가기 전에

공소 시효

관계에서 공과 사를 구분하는 것은
어려운 국어 시험 같은 것이었습니다
이, 그, 저는 공적이었을까
연민을 느꼈다면 사적인 감정이
개입한 범죄였을까
내 사랑은 전근대적이었을까
시는 발전하지 않고 발견되는 것인가
오랜 망설임의 끝은 밥벌이를 그만두고
바람골에 서는 것이었습니다
이곳에서 공소 시효를 기다리며
봄을 뜯어내 바람벽을 두르고
긴 겨울잠을 자는 것이었습니다
몇 년이 지난 어느 여름
죽어 있는 한 마리 새 곁을 맴도는
작은 새 한 마리를 본 날이었습니다
날지 못하는 새를 본 것 같은
한 번의 시간이 두 번의 시간을 껴안던 날
무거워진 흐느낌이 창문을 두드리던

그날 창문을 열고
오랫동안 하늘을 바라보았습니다
공소 시효일이 얼마 남지 않았던
그날의 작은 가슴을
어떻게 읽어야 하는가
다시 시효는 연장되어야 하는가
이쯤에서 끝내야 하는가
이, 그, 저 뒤에 사랑이 붙으면
나는 객관적으로 안정되는가
완전범죄가 성립되는 것일까

오늘을 최후라고
하던 날들이 또 지나갔습니다

안녕

안녕이란 말 어디에서 왔을까
소란스런 거리에 서서
"안녕"하고 나지막이 읊조리면
꽃잎이 지고 하루가 저물어 가네
얼마나 많은 별리들이 사람들 앞에 있었을까
바람 속을 떠돌고 강물에 섞여 흘러갔을까
"안녕"하고 뒤돌아서면
적막에 묻힌 집 한 채
떠오르고
잊혔던 이름들 등불처럼 내걸리네
안녕이란 말 어디로 갈까
허공에 매달려 반짝이는
이름들아
불멸의 노래들아

망각

어떤 남자가 죽었네
사람들이 울기 시작하네
숨겨놓은 여자를 잊었으니
그의 삶은 시시해져 버렸는데
아무래도 이번 주인공은 실패작 같은데
아침부터 여자가 우네
저건 우는 게 아니야
거짓말을 밖으로 내보는 거지
아직 죽지 않은 남자가 죽은 남자를 안으로 밀어 넣네

예전에 대신 울어주는 곡비哭婢가 있었다는데
티브이를 보며 우는 여자는
잊혀진 그 여자를 대신해 우는 걸까
아니면 세상 모든 슬픔을 이해하고 있는 것일까
내 모든 슬픔이 망각 속에 흐르는 것 같은 날

며칠째 겨울비 내리지 않는
푸석한 길 위에 마른 잎사귀 같은 여인이 앉아 있네

망각*은 느리고 슬프고 고독하네
눈과 귀를 가리지 않는다네

* 아스트로 피아졸라.

노안老眼

접안이 집 안에 있다
먼 항해를 끝낸 배들이
바람벽에 걸려 흔들린다
분지에 바닷물이 고이고
짠물이 눈물처럼 흐른다
인경人定*이 안경다리를
막무가내로 붙잡는다
날이 흐리고 비가 내린다
장마가 장미
장마는 어떻게 장미가 되려는가
행간의 전복을 혁명시키고
비 오는 날 장미를 그린다

삼학도에서 삼악도三惡道를 본 날이었을 것이다
옐로우하우스의 짧은 밤이 과도를 닮은
파도에 깎이던 날이었을 것이다
백지가 백치로 얼룩진 날이었을 것이다
그날 세상을 오독한 한 생이

짜디짠 눈물을
바다로 흘려보냈을 것이다
웃음소리와 울음소리를 잘못
이해한 날이었을 것이다

* 인경人定: 조선 시대, 통행금지를 알리거나 해제하기 위해 치던 종.

성은당

　성은당에는 모래처럼 시간이 쌓여 있어요 사막을 건너다
미라가 된 탈주범처럼 벽에 걸려 있기도 해요 늙은 창녀
뒤로 손가락 욕을 마구 세우던 아이들은 창녀처럼 늙어버려
발기부전의 밤들을 톡톡 까먹어요 휠체어 위에 놓인 주인장
은 사막에서 모래를 씹어 먹는 모래인간 같아요 그를 낳은
것은 모래사막이었을 거예요

　천국장의사에는 죽은 시간을 수집하는 무허가 수집상이
살아요 그의 일거리는 자꾸만 원둑을 넘어 신도시로 가요
병든 날들이 거쳐 갔던 낡은 창문을 기웃거려 보지만 죽음의
냄새를 물고 달아나는 도둑고양이만 봐요 바람벽을 흔드는
기적소리에 새벽을 벗기던 섹스의 추억은 쓸쓸하기만 해요
세상을 무허가로 산 덤 같은 생을 그의 아내는 자꾸만 마른
북어포 씹듯 씹어요 시간은 그에게 천국행 티켓을 덤처럼
얹어 줄까요 성은당 주인이 휠체어 위에서 시간을 뒤집고
있는 저녁 조등 하나 꿈처럼 내걸려요

　나에게 이 골목은 늘 의무적이었어요 뒤집힌 시간 속을

걷다 보면 영원히 늙지 않을 것 같았어요

신호등

어차피 우주는 암흑이잖아요
누군가
딸깍 스위치를 올리자 어둠 속에서
별들이 빛을 내기 시작했지요.
운 좋게 우리는 반딧불처럼 땅 위에서
깜박이고 있지만

그대들도
어느 때 어느 날짜 함께 뒤엉켜 좋지 않았나요

붉고 푸른 신호등을 따라 건너는 이여 노하지 마세요
잠깐 페달을 놓쳤어요
문득 딸깍 스위치가 내려가면
우리는 꺼지는 별처럼 소멸될 거예요

테를지*의 밤

보드카에 취한 테를지 몽골 눈 밟으며
게르로 돌아와 이틀 낮 밤을 물티슈로 닦아 낼 때
난로에 장작 집어넣는 키 작은 사내가
내 등을 바라보고 있었지

사막을 품어보자고 나섰던 길가에서
한 여자 세워 놓고 땅바닥에 뒹굴던 두 사내와
한 방울 피조차 허락하지 않더라는 양의 죽음을 생각하며
사타구니 닦았지

죽어 내 몸속에 묻힌 양 냄새는 쉬 썩지 않아
며칠 진물처럼 흐르고
바람은 칼날처럼 맨살을 도려내 늑대 우는 곳으로 몰았지
더불어 잠 못 든 날들은 야크 울음처럼 광야에 꽁꽁 얼어붙
어 있었지

며칠 지나도 설원
몽골 눈은 다음 해 봄까지 녹지 않고

85

뭇 발자국들 덮는다는데
키 작은 사내는 그녀로 정정해야 한다는 것을
게르 떠날 때쯤 알았지

눈이 앞서간 발자국을 덮고 덮은 날이 쌓여야
봄이 온다는데
그녀의 새까만 눈동자
조드*를 견뎌낸 양을 닮았는데
갈라진 손등은
초원을 헤집고 흐르는 상처였는데
그 여자 게르에서 물티슈로 사타구니 닦아내던 사내 발자
국
바람 부는 날들 지금쯤 초원에 묻었겠지
그리고 아무것도 모르는 사내 등
또 찬찬히 바라보겠지

* 몽골의 국립공원.
* 몽골에서 여름 가뭄 뒤에 찾아오는 겨울의 극심한 가뭄.

제4부

나무는 나무

사랑을 잃었다면

여우가 북항에서 사랑을 잃었다네

훌쩍이는 꽃에게

물에 뿌려진 은하수에게

여대생 목에 걸린 별들에게

시내전화 삼 번 누르고

이칠구에 이육삼삼

아니면 영팔이에 육육삼삼

무등을 바라보며

꿈속에서 세상 바라보는 것이나
용산시장 뒷골목 노점 앞에 서서
돼지껍데기 한 점 잔술 한잔 교복에
감추는 것은 쉬운 일
서울 사람들 속에 숨어드는 것도
침묵하며 열등하면 쉬웠던 일
폭력으로 도배된 잠 덜 깬 세상을 담장
안으로 던져 넣던 것도
구호처럼 달려들다 멀어지던 날들도
폭도들로 낙인찍힌 연대도
군인들이 백운동 길목을 조르는 통에
조기처럼 절여져 하루 종일 샛길을 더듬어
고향 집을 찾았다던
친구들의 무용담도 잠꼬대 같았던 것은
꿈속에 길을 내고 있었기 때문
그 길 끝
충장로 우다방 계단에 서서
오지 않는 여자를 기다린

풋나락같이 설익은 시간을
뚝 잘라 옷섶에 슬쩍 감췄던 것도 쉬웠던 일
남광주시장에서 막걸리 퍼마시다
월산동에 숨어들었던 것도 고백하자면
꿈속에서 세상을 바라보는 것만큼
쉬웠던 일

그러나 결국 걸었던 길은 꿈속
그러나 결국 내 잠은 피로 물든 강물 위
어느 날 밤새워 통음하며 울부짖는 무등산 타잔과
오월의 죽음들이 비처럼 쏟아지던 그 날을
흔들어 깨우던 낯선 남자의
낯선 집 대문을 나서며
최루가스 냄새 가시지 않는 새벽녘에
무등을 바라보았네

꿈속을 걸어 나오는 한 사내가 있었네

국밥

통혁당 사건 때 겨우 스물두 해를 넘기고 있었단다
68년 감옥에 갇히기 전 연인 뱃속에 아이가
자라고 있었고 그녀는 아직 학생이었단다
오래된 수의를 벗고 옛집 찾았을 때
형님은 빨갱이로 낙인찍힌 삶이 지겨워
조국을 떴고
누이는 가계를 풍비박산 낸 동생 얼굴 끝내 외면했단다
다니던 대학에서는 학적도 파버렸단다
그의 집에 붙어살고자 안간힘 썼던
여자는 죄인처럼 쫓겨나 어떤 군인과 연을 맺었단다
수소문해 어렵게 수원으로 옛사랑 찾아갔으나
먼발치에서 깡충거리는 딸 얼굴만
오래 쳐다보다 돌아섰단다

거처 없이 홀로 떠돌다
조용히 광주에 내려와 살았단다
지난한 삶의 무게 조금씩 줄여가며
지워가며 살았단다

떠나지 못하는 날들 다독이며
함께 망월동에 다녀오기도 했단다
또 십수 년 그렇게 보내다가
오늘 김남주 기일*에 처음 낯을 보인단다

수십 년간 쌓였던 날들 담담하게 줄 세우는
아직 살아 있는 말들을
나는 국밥에 말고 있었네
뜨거운 뚝배기에 얼굴 처박고
그의 지나온 삶 입천장 까지는 줄 모르고
마구 퍼 넣고 있었네

* 김남주 시인 25주기.

그날 이후

일천구백팔십년도에 원자 씨가 금남로 살았는디
오월 스무하룻날 천지를 진동하는 느닷없는 총소리에
비명소리 신음소리 울부짖는 소리 사방에 흥건하더라
허옇게 질린 어린 애들 성화독촉星火督促하여
몸으로 싸고 손바닥으로 가려 문밖을 나섰는디
천지사방 둘러봐도 갈 곳이 없더라
길 건너가 십 리 길이더라

어느 날 저녁 뜬금없는 고함소리가
아파트 창문 잡아 흔들고 삘겋고 퍼런 불은 번쩍하여
급히 밖을 내다보니 난리가 났더라
애먼 청년이 아파트 담 넘으려고
죽을힘 쓰다가 군인 둘에 기어이
양 바짓가랭이 잡혔것다
그때 원자 씨가 "아야 얼릉 넘어온나"
"야 이놈들아 그 애가 뭣을 잘못했냐"
아파트 떠나갈 듯이 소락대기 되게 지르고
몸을 부들부들 떨고 주먹은 꽉 쥐고

아이고 저 아그들 잽혀가면 죽을 것인디 잽혀가면 죽을
것인디"
　　금방 목이 세고 얼굴은 사색이 되었더라
　　원자 씨 낭군이 옆에 서서 뭔 일인가
　　목을 길게 빼고 요리조리 살피더니 그러더란다
　　"어야 음주단속하고 있네"
　　"어야 인자 손 피소 손 피소"
　　꽉 쥔 원자 씨 주먹을 펴주더란다

　　재미나게 언니 이야기하는
　　원화 씨* 웃는 눈 쳐다보며 우리도 웃었더라
　　눈물 글썽글썽하며 웃었더라

* 이원화: 소설가, 『키스가 있는 모텔』, 『꽃이 지는 시간』, 『임을 위한 행진곡』 등의
　작품집이 있다.

흰 꽃을 엿보다

하얗게 여인들이 단장한 여인들이
한 날 한 낮을 걸어
꽃단장한 여인들이 나란히 산속으로 걸어 들었습니다
승주 어느 산자락 지리산 자락
하얗게 꾸민 여인네들이 한 날 한 낮을 걸어
아직 산속에서 나오지 못한 남정네들 만나러 가는 길

우련하게 푸른 날을 찢는
총소리에
그대 꿈 깨어
애타게 한 곳을 바라보았을까

하얗게 꽃단장한 여인들이
곰삭은 슬픔 머리에 이고
얼굴에 흐르는 땀 손으로 훔처내며
사내들 만나러 가는 길

우연히 엿보았습니다

피젖

그가 시인과 전사의 삶을 함께 살아낼 때
유신체제 전복을 선도 조종한 혐의보다
사랑의 무기가 두려웠던 당국은
세상 밖으로 그를 밀어내고 쇠빗장을 걸었다
세상 밖에서 시인으로 남은 반쪽의 삶을 버텨야 했을
때
그는 절대 고독의 독샘에서 건져 올린 말들을
갈고 갈아 제 몸에 새겼다
전사의 언어 피의 언어로 무장하고
세상 안으로 침투했다 결사적으로
우유갑에 흐르는 젖
시인을 반만이라도 닮고 싶은 속세의
사내가 피젖을 빤다
깡마른 전사의 알몸을 타고 흐르는
저 진한 피젖을

폭설

지산고개에서 폭설에 갇히다
미래를 끌어다 쓰기 위해
몸부림치는 수형자가 되어
내 삶 조롱하는 총구의
표적처럼 눈을 맞다

사방에 눈 무덤들
쉰여섯 번째 겨울을 지산고개에서
덜컥 만나 대책 없이
눈 속에 묻히다
눈은 눈 이 겨울에 눈 뜨거움도 눈
내 겨울은 나와 아무런 관계가
없는 것처럼 늙더라도

분노가 슬픔을 부르는 것처럼
무덤 위에 흰 눈
청계로 돌아가는 어깨 위에
봄날 매복에 걸린 투사들 눈동자 위에 눈

돌아볼 수 없는 별빛 위에도 2월의 눈
숨 막히던 시절
내 숨구멍을 연 그 이름 위에도 눈

오늘 옛사람이 된 그 이름 부르며
쌓인 눈 무덤 헤쳐 시퍼런 조선낫 한 자루
품에 안다

시위 시위

당신들은 나를 보고 있죠
거리는 벌써 불타오르는 듯해요
여러 눈들이 도로를 질주해요
비등점에 오르기 전
도시를 겨우 빠져나왔다는 판단은
계속 유보되고 있어요
물가에 지은 집은 수없이 저질러 온 오해의
결과가 아니길 바라지만
오늘 아침 나는 섬처럼 떠 있군요
질주하는 눈들이 나를 향하고 있어요
물에 비친 꽃을 봐야 하는데
그대들은 내 눈 속에서 꽃이 살해당했으면 하네요
한 생을 들여다보는 것이 허기가 아니길 바라요
깊게 응시하는 것이 맹렬한 적개심이 아니길 바라요
당신들이나 나는 소의 눈을 그리지 않았어요
그러니 소의 눈은 죄가 없어요

한 생이 피켓을 들고 침묵하고 있군요

두 눈으로 결사를 외치는 것이
필사적 몸부림이 아니길 바라지만
그렇다고 피켓 뒤에 숨어 즉생則生을 구걸하지 않아요
소들은 조례를 이해하지 못해요
그러니 변명하지 않아요
죄는 사람들이 짓는 것
그러니 소에게 이해는 구하지 마세요

아침부터 날이 쪄요
땀처럼 흘러내리는 의지가
허기진 적개심이 아니길 바라요
내 생을 오해하고 싶지 않지만
여러 날 시위를 당겼다가 놓기를 반복하며
내 눈을 조준하고 있어요
때론 물에 비친 꽃잎이 필사즉생의
과녁 같기도 해요

미얀마로부터 ― 봄

아들이 죽은 아들을 품에 안고 소리친다
'겨자씨 한 알에 든 봄 다 보지 않고
죽는 게 다행인가'

겁劫 속에 피고 진 꽃들 희롱하는 당신
딸의 딸 죽음에
아들의 아들 죽음에
불국의 뇌수가 흩어지고
내장이 터져 거리에 내걸린다

사지 관통한 구멍을 세는
악귀들 바라보며 당신 즐거우신가
신업身業을 행하는 자 누구이고
신업을 당하는 자 누구인가
겨우 겨자씨 한 알 속에
피 튀기는 봄
서로 부둥켜안고 떠는 꽃들 꽃들
그려 놓고 즐거우신가

가섭도 미소 짓겠는가

천지에 피어오르는 붉고 흰 신음들
피 터지듯 흩어지는 꽃잎들
언제부턴가 봄이면 숨이 막힌다
숨이 막힌다

가거도

바람 불었던가
파도는 녹섬을 넘었던가
달이 떠 있었던가
오래 묵은 산다이 풀어 놓았던가

그날 벗들은 갯가를 헤매고
마구 취한 나는 섬 한 귀퉁이를 베고
잠들었었네
사람 밖의 바다
사람 안의 바다

하룻밤은 이국을 넘은 바람을 담고
하룻밤은 달빛에 부서지는
물무늬 새겨 넣고
또 하룻밤은
홀로 부풀어 오르는 너를 품었던가

먼저 섬을 다녀간 시인은

'보이니까 가고, 보이니까 또 가서'*
질곡의 시간 젓고 또 저어
폭압의 한 시대
거대한 파도처럼 들이쳐 깨부쉈는데

피안彼岸의 닭 울음소리
멀어지는 내 안의 섬
사람 밖의 바다 위를
나는 새여
멀리 나는 새여

* 조태일 시 「가거도」에서 인용.

시칠리아의 암소*

사랑한다고 미안하다고 고백했지만
끝내 건너가지 못하는구나
그래서 눈감지 못한 아이들이
그대들의 마지막 이야기가 남아 있는 거리
산 사람들의 도시를
요나의 눈으로
판관의 눈으로 보는구나

거리에 속 깊은 눈들이
지금 당신을 보고 말하는구나
맹골의 물길 거슬러 신발이 벗겨지고
손톱이 닳아빠지도록 싸웠던
무섭고 서러웠던 마지막 사투를
구명조끼 갑옷처럼 두르고
거짓과 음모와 배신 앞에서
움켜쥔 주먹으로 치 떨리던 입술로
증언하고 있구나

질곡의 사월 또 사월
뒤틀린 욕망 짚어지고
시칠리아의 암소에 갇힌 자들이
그대들의 이름 부르며 울부짖는
신음소리 가득한 휴일 한낮이여

우리는 평생 소처럼 울부짖으며
그렇게
통한의 한 세월 건너가겠구나

* 시칠리아의 폭군 팔라리테(B.C. 565-549)는 세상에서 가장 고통스럽게 사람을 죽일
  수 있는 사형 도구를 아테네의 명장(名匠) 펠릴로에게 주문한다. 펠릴로는 동으로 만든
  암소상을 만들어 바치지만 팔라리테는 펠릴로를 암소상에 가두고 불을 때라고 명령한
  다. 그날, 암소상에 갇혀 펠릴로가 부르짖은 비명소리는 마치 소의 울음소리와 같았다고
  한다.

창불*

창불이 탄다
하얗게
예전 가난한 여자가 살던 창가를 바라보며
속마음 들키고 싶던 쓸쓸한 날처럼
하얗게 빛나는 창문으로
여태 감췄던 속내를
자잘한 장작개비에 얹어 불 속에 던져 넣는다
뜨겁게 그의 손을 거친 기억들이 익는다
흙의 속살에 박힌 통점과
수많은 날과 더불어

창불이 탄다
푸르게
정점으로 치닫는 상처의 시간
어떤 사랑은 주저앉을 것이고
어떤 사랑은 푸르렀던 날처럼 서 있을 것이다
흙을 만지는 이들은 안다
사랑은

뜨거운 불 속에서 완성된다는 것을

* 창불: 도기를 구울 때 가마의 창구멍에 때는 불.

전라도 여자

아파트 술집 이데올로그는
티브이에서 흐르는 옛 노래를
의무적으로 흥얼거리는 것이라고
김치에 밴 곰삭은 젓갈이 갯물 비린내 같다고 수작 주고받
다가
불판에 더 얹히는 막창 만나게 씹고 또 씹다가
술집을 나설 때 여자는
축축한 눈으로 해남이 고향이라고 했지
잔잔한 경상도 억양, 한국말로
동초등학교 졸업했다고 했지

누이여
왜 그날 술집을 나설 때
문밖에 나와
우리 뒷모습을 오래 보고 있었는가
옛이야기처럼 늙은 누이여

나무는 나무

죽은 나무가 서 있다
불을 삼키고
물에 잠겨도
무릎 꿇지 않고 꿋꿋하게

어린나무가
고양이처럼 나를 쳐다본다
바람에 흔들려야 하는 숙명처럼
흑백영화에 소환되는 풍경처럼
총구 앞에 가슴을 드러낸
소년 파르티잔처럼 당당하게

사람들이 나무의 시간을 벌목한다
시간을 장전한 저격수가 나이테를 조준하면
저장했던 눈물을 말리는 나무
장렬하고 눈물겨운

나무가 시간을 벗고 알몸으로 비를 맞고 있다

알몸을 찢고 부화한 저승새가
나뭇가지에 앉아 신들을 본다
무저갱無底坑에 갇힌 신들이
목관 속에 눕는다

존재론적 모험과 '소통'의 화음

임동확(시인)

> 사유가 어디에서 발원하는지 그 유래를 꿰뚫어 볼 때,
> 그때 비로소 우리는 철학으로부터 한 걸음 물러나서
> 존재의 사유 속으로 들어서게 된다.
> ─하이데거, 『사유의 경험으로부터』

　무슨 특정의 철학을 지향하고 궁구해서가 아니다. 동시에 특별히 논리적이거나 철학적인 용어를 사용하고 있어서도 아니다. 특히 그의 시들이 합리적이고 체계적인 일관성을 유지하는 논증의 형식을 밟고 있다는 의미에서가 아니다. 첫 시집 『푸른 독을 품는 시간』을 상재하는 시인 유종의 시늘을 일독한 후에 첫 번째 인상은, 그가 매우 존재론적인 시인이라는 것이다. 예컨대 그의 시들은 어띤 시건이 이 시대를 살아가는 내게 무슨 의미가 있는가? 끊임없이 자신의 삶과 시대의 문제들에 대한 질문을 내장하고 있다. 무엇보다

도 자신과 주변에서 일어난 일들을 주의 깊게 관찰하고
반성적으로 성찰함으로써 숨겨진 자신의 내면과의 근원적
인 대화를 시도하고 있다.

　일종의 권두시로 이번 시집의 첫머리를 장식하는 시 「그
림자놀이」가 그 증거다.

　　제 엄마 그림자 좇는 아이

　　엄마 몸속에서 쑥 고개 내밀었다

　　다시 들어가는 아이

　　'그림자는 어디서 왔어?'

　　몸속을 빠져나와 묻는 아이

　　'그림자는 왜 까매?'

　　제 옷 쳐다보는 아이

　　그림자에게 푸른 옷 입히고 싶은 아이

　　빨, 주, 노, 초, 파, 남, 보 색칠하고 싶은 아이

　　그림자를 발로 차는 아이

　　내 손 툭툭 차고 뱃속에서 놀았던 아이

　　나를 운동장 밖으로 차버리고 싶은 아이

　　'왜 그림자는 밤에 없어져?'

　　숨어 우는 울음소리가 궁금한 아이

　　고독한 영혼을 벌써 배우고 싶은 아이

　　그림자를 나보다 길게 늘일 줄 아는 아이

너무　빨리　크는　아이

―「그림자놀이」, 전문

　　여기서 "제 엄마 그림자"를 "좇는 아이"의 궁극적 관심사
는 "엄마 몸속에서 쑥 고개"를 "내밀었다"가 "다시 들어가"
거나 그 "그림자"에게 "푸른 옷을 입히"거나 "색칠"하는
등의 '그림자놀이'에 그치지 않는다. 그런 놀이 속에서도
홀연 자신의 분신이라고 할 수 있는 "그림자는 어디서 왔"으
며 "왜" 그것은 "까매?"라는 원초적인 질문을 던지고 있다.
그러면서 "뱃속에서"부터 저를 느끼고자 했던 "나"의 "손"을
"발"로 "툭툭 차"거나 "운동장 밖으로 차버리고 싶"어 했던
"아이"는 또한 "왜 그림자는 밤에 없어져?"라는 질문을 연이
어 던지고 있다.

　　그러니까 "벌써" 자기 "영혼"의 본래적 "고독"을 "배우고
싶"어 하는 "아이"의 관심사는 그저 화려하고 눈에 보이는
외면적 세계가 아니다. 시인 유종의 분신이라고 할 수 있는
"아이"는 놀랍게도 존재의 이면이라고 할 수 있는 "숨어
우는 울음소리"를 더 "궁금"해 한다. 어떤 실체의 반영으로
서 "그림자" 놀이를 즐기는 것이 아니라 그걸 더 "길게
늘이"는 데 몰두하거나 자신에 대한 부단한 존재론적이고
형이상학적인 질문을 통해 자기 성장을 도모한다. 궁극적으
로 의심과 회의의 여지없는 것으로 통용되는 기존의 사실이

나 진리에 대한 질문이 그의 시 세계를 뒷받침하는 주요 원동력으로 작용하고 있다.

오랫동안 철도노동자로 근무한 적이 있는 유종의 시가 자신의 소속과 다른 집단에 대한 배척과 적대를 바탕으로 하는 이른바 민중문학적인 쇼비니즘chauvinism의 덫에서 비교적 자유로운 것도 그 때문이다. 그의 시는 "티브이"에서 "옛 노래를 / 의무적으로 흥얼거리는" 일단의 "이데올로그"(「전라도 여자」)적인 민중시 또는 노동시들과 달리, "파업"에 즈음하며 지도부의 "투쟁 명령"에 대한 무조건인 "사수"나 노동자 집단의 분노를 표출하지 않는다. 대신 매우 이례적으로 "파업" 사태에 직면하여 "함마를 쥔 손"과 "깜박이는 전호등"이 "낯설다"고 말하고 있다. 노동자로서 자기 권리와 생존권 확보를 내세우며 시작된 "파업"에 나선 동료 노동자의 투쟁 의지 고취나 자신들의 정당성에 대한 주장보다는 단지 "스패너 쥐었던 손"으로 "흔"드는 "깃발"의 "낯섦(「파업」)"을 더 주목하고 있다.

물론 그렇다고 그의 시들이 철도노동자로서 자신의 정체성을 외면하거나 부정하고 있다는 것은 아니다. 그 역시 자신의 직장이자 생계 터전인 "철길"에서 선로 작업을 하다가 "아내와 어린아이를 뒤로하고" 순직한 "젊은 철도원"(「고요한 밤 거룩한 밤」) 노동자의 죽음에 대한 깊은 애도와 연민 의식을 보여주고 있다. 또 행여 "파업을 선언하면"

"귀족" 노조 운운하는 이들을 향해, 그렇다면 "당신"들이 직접 "수십 수백 톤의 쇳덩이에 갈리고" "선로 안으로 뛰어든 생의 마지막 눈과 한번 마주쳐"(「귀족」) 보기를 권하고 있다. 특히 그는 연이은 시위로 어지럽던 "시국"의 "불심검문"과 그로 인한 "가방" 수색 때문에 본의 아니게 그저 감추고만 싶었을 "기름때 묻은 작업복"(「왜 그랬는지」)을 입은 철도 노동자로서 자신의 정체성을 강제적으로 노출당한 바 있다.

그럼에도 불구하고 그는 "젊은 여자가 기관차에 부닥쳐 죽"은 사태에 즈음하여 크나큰 정신적 충격을 "기관사"나 "동료"들의 반응을 철도노동자의 관점에서만 바라보지 않는다. 특히 그들의 죽음이나 "악몽", "희망"과 "절망", "실패"나 "사랑"(「세차」)을 사회과학적이고 집합적인 내면성의 관점에 따라 파악하지 않는다. 오히려 그는 결코 "육하원칙"으로 파악하거나 "A4 한 장으로 끝"낼 수 없는 각자 마다의 생이 지닌 "지독한 비린내", 곧 그 어떤 집단의식과 같은 것으로 환원되지 않는 자립적 개인성의 "촉수"에 따라 한 "여자의 비극적 종말"과 그와 관련된 "기관사의 실종"(「죽음에 관한 보고」) 사태를 다루고 있다.

다시 강조하자면, 그의 시들은 "어느 생 한번 단단히 조여본 적 없는" "초로의 노동자"(「뻰찌」)를 이른바 생산관계 내의 위치에 따른 임금노동자의 한 명으로 대하지 않는다. "PCB기판 램프"을 점검하는 철도노동자를 자본주의의 지

배양식과 노사관계에 따른 위상과 지위의 관점이 아니라 "사백사십 볼트 고압으로는 잡을 수 없는" 저만의 "완고함"(「승강문을 열다」)을 가진 개별적 내면성을 지닌 존재로 대한다. "이것저것 안 해본 일 없'다가 "기차 청소"로 "늙어버린" "향우사업소"(「향우사업소 김 여사」)의 '김 여사'에 대한 태도 역시 그렇다. 그는 한 인간을 대하는 데 있어 어떤 편견이나 왜곡에 기초한 신념이나 이념, 상투적인 인식이나 상상에 의지하지 않는다. 오로지 자신의 체험을 통해 인간 삶의 심오함과 세계의 심원함 그 자체로 인식하려는 내재성의 태도를 일관되게 유지하고 있다.

> 나락에 떨어져도 기어오르지 않으리라
> 바닥을 몇 번 헛짚었는가
> 13층에서 12층으로 11층으로
> 끊임없는 허공의 비웃음
> 초점 잃은 눈들이 벗어 놓은 희망 다시 잡고 싶지 않아
> 타인의 피로 덤처럼 얹히는 며칠 치 삶 구역질해서
> 토하고 싶어
> 눈알도 심장도 똥구멍도 연민도 밖으로 내동댕이치고 싶어
>
> 11층에서 지상으로……,
> 기어코 땅속에 파묻혀

어제 손 놓아버린 청년 옆에 순장되고 싶어

흙 속에서 잘 탈골되고 싶어

침대 모서리에서 수십 번 뒤적거렸던

체의 죽음이 부러웠던 것은 혁명의 열정보다

볼리비아에서 몇 발의 총탄으로 절명했던 것

체처럼 붉은 피 콸콸 쏟으며 절명하고 싶어

눈감으면 벽을 타고 흐르는

저 울음소리 손 내밀고 싶지 않아

밤마다 눈 감고 싶지 않아

지상에서 지하로 암흑 속으로

오늘 밤에는 기어오르지 않으리라

누군가 웃으며 나에게 독주 한잔 권했으면

마지막으로 웃어주며 로비에 전시되던 풍경에 안녕

투명한 손 흔들며 독주 한잔 꿀꺽 삼키고

열 손가락 뭉개지도록

땅거죽 파헤치고 흰 피 모조리 쏟아내고 마침내

깊고 깊은 적막의 심지 위에 눕고 싶어

곁을 떠나지 못하는 설움 몇 개와 함께 순장되고 싶어

누군가 부르는 소리 꿈속 같아서

눈뜨지 않아도 되는 암장이면 더 편안하겠어

—「절명」, 전문

얼핏 보면, 위 시는 여타의 시들과 다름없이 "어제" 고층 건물에서 생의 "손 놓아버린" "청년"의 비극적 죽음에 대한 깊은 "애도" 또는 짙은 "연민" 의식을 드러내는 작품처럼 보인다. 그리고 생의 "바닥"을 "몇 번"이나 "헛짚었"다는 지독한 반성과 회의 속에서 또다시 "나락에 떨어져도 기어오르지 않으리라"는 다짐이 이를 뒷받침한다. 하지만 "초점 잃은" "타인"의 "눈들이 벗어 놓은" "희망"에 끌려다니지 않겠다는 이러한 모습은 그야말로 자신의 "삶"에 대한 극도의 환멸이나 염증만을 나타내지 않는다. "타인의 피"로 연명하는 외부적인 "삶"의 "구역질"에서 벗어나 "이제 손 놓아버린 청년 곁에 순장"되거나 "탈골"되고자 함은 외부 대상의 결핍에 대한 그 대체물을 그 자신의 심혼에서 찾고자 하는 움직임을 보여준다. 아르헨티나 출신의 혁명가 체 게바라의 "혁명"적인 "열정"보다 "몇 발의 총탄으로" 사망한 그의 "절명"에 대한 열망과 부러움은, 목숨이 위태로울 만큼 급박한 생의 위기 속에서 자기 자신의 내면으로 역류하는 내향화內向化가 급격하게 이뤄지고 있음을 나타낸다.

　그러니까 "눈 감으면 벽을 타고 흐르는" "울음소리"에도 "손 내밀지 않"은 채 "지상에서 지하로 암흑 속으로"의 "순장"에 대한 염원은, 무조건적인 도피나 자기 파괴를 향하는 죽음의 본능으로서 타나토스^{Thanatos}의 일종이 아니다. 거기엔 예전에 자신이 흘러왔던 고유의 심연으로의 침잠이자 그럼으로써 정신적으로 새로 탄생하고자 의지가 배어 있다. 성숙해진 자아가 외부로 향하는 리비도의 방향을 거둬들여 고도의 집중력을 가지고 활성화된 정신의 활동에 주목하는 내향화가, "마침내" "눈 뜨지 않아도 되는 암장"과 같은 "깊고 깊은 적막의 심지 위에 눕고 싶"은 욕망으로 나타나고 있다.

"이따금" "불규칙한 통증이 찾아"올 때마다 "아주 먼 곳을 쳐다보는 습관" 또는 "자주 뒤돌아보는 버릇"(「문」) 역시 이와 무관하지 않다. 일단 그것들은 외부 상황에 대한 일종의 방어기제로서 "시린 손 호호 불며 / 눈싸움"하거나 "배고픔도 잠시 잊"은 채 "눈 사진"을 "찍"(「옛날 사진」)었던 유년 시절로의 회귀와 연결되어 있다. 특히 그것들은 "아버지도 어머니도 부재중"인 "지나온 세월"과 현재 상태의 양립불가능성 또는 "해체"(「가족의 해체」)와 연결되어 있다. "오래된 슬픔을 새기는" 시간이면서 "때로는 내일을 미리 당겨"(「바람 속의 여자」) 쓰는, 혹은 "일어나지 않"았거나 "앞으로 일어날" 내일의 "이야기"를 "당겨 적었던 어젯밤을 / 뒤로 하고 / 오늘로 출근하는"(「앉은뱅이책상 앞에서」) 이상한 시간의 전도^{顚倒} 혹은 방향 전환과 연관되어 있는 게 '아주 먼 곳'에 대한 회상이다.

각 지방마다 가진 고유성과 정신의 깊이를 나타내는 특수한 고향의 말이자 각 민족의 모국어로서 방언에 대한 그의 경청 내지 주시 역시 그렇다. 단적으로 마음의 근원 또는 존재의 말하기로서 방언은, 단지 오래 망각된 시가(詩歌)이자 가장 순수하고 순진무구한 말로서 시적 언어를 가리키지 않는다. 모든 말의 근거인 어머니 말이자 모든 말의 근거인 고향과 대지로의 귀향하고자 함이자 과거와 현재와 미래를 아우르는 본질의 기억에 회상을 포함하고 있다.

노파가 승무원을 불러 세운다
"에말이오 몽태이 머크요 안 머크요"
가을 햇볕 한 줌 부스럭거리고

몽탄에 묻혀 있던 말들이
잠깐 노파의 몸을 빌려 나왔다
다시 돌아가는 시간

동동거리며 기다린 말들에게
선창에서 묶어온 물큰한 비린내
풀어 놓을 시간

먼 기억 저편 옛말의 집

만장輓章 앞세우고

꿈의 여울 건너

돌아갈 작은 집 가기 전에

　　　　　　　　—「몽탄 가기 전에」, 전문

　여기서 "승무원을 불러 세"우는 "노파"의 "에말이오 몽태이 머크요 안 머크요"라는 방언은, 그러기에 지방마다 다른 말함의 방식으로서 사투리를 의미하지 않는다. "잠깐 노파의 몸을 빌려 나"온 방언들은 본래의 "몽탄에 묻혀 있던" 오래된 고향의 "말들"로서 다름 아닌 자연과 대지가 말하고 있는 것이자 모든 것들을 존재의 근접Nahnis으로 끌어들이는 존재의 언어를 가리킨다. 다가오는 성스러운 것들을 앞서 사유하면서 이미 있어 왔던 죽은 자를 위한 "만장輓章"을 "앞세우고 / 꿈의 여울"을 "건너" "다시 돌아가는" 회상의 "시간", 일상어 속에 깃들어 있는 오랜 경험과 깊은 의미를 나타내면서 "먼 기억 저편"의 "옛말의 집"에서 들려오는 "동동거리며 기다린 말들"이 바로 "물큰한 비린내"를 품고 있는 방언의 세계라고 할 수 있다.

　달리 말해, "안녕"하고 뒤돌아서면 / 적막에 묻힌 집 한채"가 "떠오르"거나 "잊혔던 이름들"이 "등불처럼 내걸리"는 사태는 단지 과거의 어떤 "불멸"(「안녕」)의 순간들을 떠올리는 기억을 의미하지 않는다. "늙은 창녀"를 "욕"하던

"아이들이" 갑자기 바로 그런 "창녀처럼 늙어버"리거나 무허가 수집상"인 "천국장의사"가 "죽은 시간을 수집"하는 시간은, 단지 지나간 것에 대한 단순한 기억이 아니라 현재적인 것과 미래적인 것이 함께 "나"의 기억 속에 머물러 있는 것들에 대한 본질적인 회상을 의미한다. 이제는 "성은당 주인이 휠체어 위"에서 "뒤집고 있는" "시간"은 단지 멈춰 있는 것을 기억하는 시간이 아니라 "영원히 늙지 않"은 채 켜켜이 "모래처럼 쌓여 있"(「성은당」)는 사랑과 우정의 시간을 회상하면서 앞질러 사유하는 것을 나타낸다.

그런 만큼 모든 사랑은 이러한 회상의 시간 속에서 꽃피는 그 어떤 것이다. 사랑받은 자가 사랑의 고유한 본질을 발견하고 거기에 견고하게 머무르려는 의지가 피워낸 꽃이 곧 사랑이다.

관계에서 공과 사를 구분하는 것은
어려운 국어 시험 같은 것이었습니다
이, 그, 저는 공적이었을까
연민을 느꼈다면 사적인 감정이
개입한 범죄였을까
내 사랑은 전근대적이었을까
시는 발전하지 않고 발견되는 것인가
오랜 선택의 끝은 밥벌이를 그만두고

바람골에 서는 것이었습니다

이곳에서 공소 시효를 기다리며

봄을 뜯어내 바람벽을 두르고

긴 겨울잠을 자는 것이었습니다

몇 년이 지난 어느 여름

죽어 있는 한 마리 새 곁을 맴도는

작은 새 한 마리를 본 날이었습니다

날지 못하는 새를 본 것 같은

한 번의 시간이 두 번의 시간을 껴안던 날

무거워진 흐느낌이 창문을 두드리던

그날 창문을 열고

오랫동안 하늘을 바라보았습니다

공소 시효일이 얼마 남지 않았던

그날의 작은 가슴을

어떻게 읽어야 하는가

다시 시효는 연장되어야 하는가

이쯤에서 끝내야 하는가

이, 그, 저 뒤에 사랑이 붙으면

나는 객관적으로 안정되는가

완전범죄가 성립되는 것일까

오늘을 최후라고

하던 날들이 또 지나갔습니다

—「공소 시효」, 전문

 우선 모든 "사랑"은 사랑의 말들이 '나'의 마음속에 남긴
관대함과 따스함, 그리고 인내에 대한 회상이라는 점에서
"전근대적"이다. 특히 그런 사랑은 "오랜 망설임의 끝"에
"밥벌이를 그만두고 / 바람골에 서는" 자기 망각도, 혹은
행여 "개입한 범죄"에 대한 "공소 시효를 기다리"는 부정적
실존도 여전히 자기중심적이라는 점에서 결코 자기를 상실
하지 않는다는 특징을 갖고 있다. 하지만 바로 그 때문에
"사랑"의 "관계에서 공과 사를 구분"하는 것은 매우 어렵다.
사랑의 사태에 직면하여 그 힘을 완전히 사용하지 않고,
그걸 받아들이고 극복함으로써 자기의 힘을 얻는 "사랑"은
곧잘 "사적인 감정"에 휘둘리기 마련이다.
 하지만 그런 진정한 의미의 "사랑"은 한편으로 무애無礙하
고 무사無私하다는 점에서 "공적"이다. 마치 "죽어 있는 한
마리 새 곁을 맴도는 / 작은 새 한 마리"처럼 아무런 이해관계
나 어떤 "사적인 감정"이 개입되지 않으며, 그럼으로써 거꾸
로 더 자기를 풍성하게 하는 것이 "사랑"의 본질인 까닭이다.
중요한 것은, 어찌 됐든 그러한 사랑의 시간 속에서 과거는
충만과 힘으로 나타나고, 확실히 그 때문에 "한 번의 시간이
두 번의 시간을 껴안"은 것 같은 시간의 도취 내지 전도가

일어난다는 점이다. 모든 시간의 저항을 이미 극복한 형식이기에 "발전하지 않고 발견"할 뿐이며, "오늘을 최후라고" 여길 수 있는 충족된 현재가 바로 "바람"처럼 다가왔다가 "지나"가는 사랑의 시간인 셈이다.

그러나 "어떤" 경우 "주저앉을 것"이며 혹은 "푸르렀던 날처럼 서 있을" "사랑"은 그저 오지 않는다. 그야말로 "속살에 박힌 통점"과 "정점으로 치닫는 상처"를 마치 도자기를 굽고 태우는 듯한 "뜨거운" "창불" 속에서 "완성"(「창불」)되고 재탄생한다.

죽은 나무가 서 있다
불을 삼키고
물에 잠겨도
무릎 꿇지 않고 꿋꿋하게

어린나무가
고양이처럼 나를 쳐다본다
바람에 흔들려야 하는 숙명처럼
흑백영화에 소환되는 풍경처럼
총구 앞에 가슴을 드러낸
소년 파르티잔처럼 당당하게

사람들이 나무의 시간을 벌목한다

시간을 장전한 저격수가 나이테를 조준하면

저장했던 눈물을 말리는 나무

장렬하고 눈물겨운

나무가 시간을 벗고 알몸으로 비를 맞고 있다

—「나무는 나무」, 부분

여기서의 "나무"는 신화적으로 인간의 근원을 상징하며 양분을 제공하는 땅에 단단히 뿌리박은 채 모든 존재에게 그늘과 은신처를 제공하고 열린 과실로 그들을 먹여 살리는 나무가 아니다. 엄밀히 말해, 이미 이전에 "불을 삼키고 / 물에 잠겨" 죽은 나무이다. 하지만 그럼에도 불구하고 거기에 "무릎 꿇지 않"은 채 "꿋꿋하게" "서 있"는 "나무"들은 바로 그 "물"과 "불"에 의해 새롭게 태어난 재생의 나무다. 비록 곧잘 "벌목" 당하곤 하지만 죽음을 두려워하지 않는 "소년 파르티잔처럼" "당당하게" "시간을 벗고 알몸으로 비를 맞"고 있는 한 그루 나무는, 죽음을 삶의 가장 높은 행위로 받아들이면서 그 운명을 견디며 서 있는 유한자로서 인간의 존재를 상징하고 있다.

그런 유종 시인에게 "시 쓰기"는 여전히 "괴롭고 괴로운 알" 또는 "길고 깊은 통점"에 속한다. 특히 그는 그 가운데서

"시가 노동을 위한 것인지" 아니면 "노동이 시를 위한 것인지"에 대한 "혼돈"을 겪고 있다. 시와 노동 사이의 관계나 그에 대한 "전망" 역시 여전히 불투명하며 앞으로도 쉽게 해결될 수 없는 "무거"(「영동에서」)운 과제로 안고 있는 모습이다. 하지만 그는 마치 "이팝나무를 자르"듯 "과거"와 "현대사"를 "마구마구 절단"하는 "세상" 속에서 "토막난" "절망과 분노"의 말들에 대항하여 "늑대처럼 우는"(「말들의 최후」) 것에 만족하지 않는다. 그는 어떤 경우에도 한 사람이 두 사람의 목소리를 내는 몽골 전통의 창법인 "호미처럼" 타자의 고통을, "안으로 흐느끼는 마른 눈물"을 "두 손으로 받"는, "자궁에서 흐르는 붉은 피 꼬리로 닦아 내며 / 사막을 걷던 낙타"처럼 극심한 고통 또는 영원한 혼돈 앞에 노출된 "시인"(「시인」)으로서의 운명을 넉넉히 감당하고자 한다. 모든 날들이 "급작스럽게 커브를 그리며 발밑"으로 추락하는 "치명적인 시절" 그 높이와 길이를 가늠할 수 없는 예지력과 더불어 때로 "신의 말을 전달"하거나 근본적으로 소통할 수 없는 타자와의 소통 능력을 가진 자들이 바로 "시인"(「성주」)이라고 굳게 믿고 있다.

　　디젤기관차 기관 공기함 핸드 홀 커버의 조임 수치는 따로 정해진 게 없다 밸브 손잡이를 적당한 악력으로 돌리다 새끼 손가락이 묵직해진다 싶으면, 렌치로 다시 한 바퀴 반을

돌려가며 홀 커버 조임치 음원을 찾아낸다 투명한 합금강
신호음은 손가락들만 들을 수 있어 '쨍' 하는 화음和音이
잡힐 때까지 몇 번의 몸 신호를 보내고, 손가락 촉수로 만져지
는 음보音譜를 온몸 구석구석에 각인시키는 것이다 사람과
기계가 만나는 접점이 찍히는 날 사람은 기계를 닮아가고
기계는 사람을 닮아간다 사람은 비로소 기름밥을 먹고 기관
차는 철마가 되어 철길을 내달리는 것이다 언젠가 먼 길
달려온 기관차 배장기에 맺힌 핏물을 조심스럽게 닦아낸
적이 있었다 우리는 배장기에 얹혀 있는 상처를 달래며 종일
휘청거렸다

—「소통流通」, 전문

필시 기관차 검수원으로서 자신의 오랜 체험이 반영되어
있는 위 시에서 "디젤 기관차 기관 공기함 핸드 홀 커버의
조임 수치"는 "따로 정해진 게 없다." 그저 "밸브 손잡이를
적당한 악력으로 돌리다 새끼손가락이 묵직해진다 싶으면,
렌치로 다시 한 바퀴 반을 돌려가며" 그 "조임치 음원을
찾아"내야 한다. 달리 말해, 감각에 의지할 수밖에 없는
"그 투명한 합금강 신호음" 같은 인간과 인간의 소통은
이미 주어진 과학적 수치나 지표로 획득되지 않는다. 오랜
경험과 "손가락"의 감각에 의지할 수밖에 없는 것처럼 타자
와의 깊은 '소통'과 만남은, 마치 "사람"과 "기계"가 서로를

"닮아"가듯 한 경지의 "접점"의 경지를 요구한다. 서로를 피상적으로 결합시키는 사태에 맞서 올바른 의미의 시적 소통은 마치 "'쨍' 하는 화음이 잡일 때까지 몇 번의 몸신호를 보내고, 손가락 촉수로 만져지는 음보(音譜)를 온몸 구석구석에 각인시키"듯 인간의 근본적 동일성 또는 존재의 깊이의 차원에서 추구할 때 가능하다.

  하지만 그런 의미의 진정한 소통을 꿈꾸는 모든 문학 행위는 언제 어디서든 시대의 한계, 역사적 제약에서 자유로울 수 없다. 가령 "폭력으로 도배된" 자유가 없는 "세상"에서 "꿈속"에서 "바라보는" 많은 것들은 그야말로 불가능한 "꿈"(「무등을 바라보며」)으로 남을 뿐이다. 그러나 동시에 문학은 "시인"의 "삶"을 제약하고 "쇠빗장"을 거는 "체제"의 한계를 "결사적으로" 돌파하고 "전복"(「피젖」)하면서 문학적 테두리를 확장하거나 문제의식을 새롭게 설정해야만 할 것이다. 어디까지나 참된 문학은 "천지에 피어오르는 붉고 흰 신음들"(「미얀마로부터—봄」)과 동시에 이념적인 "낙인"에 "풍비박산" 난 "삶"을 "담담하게 "다독"이거나 "지워"가는 "아직 살아 있는 말들"(「국밥」)의 가능성을 탐색하고 실천하는 데서 시작되는 까닭이다.

  다행히도 되돌아보면서 앞서 사유하는 데 익숙한 유종 시인은 이런 시와 삶, 문학과 역사적 현실 사이의 상호관계를 깊이 인식하고 있다. 그래서 먼저 그는 "거짓과 음모와 배신"의 세계 속에서 "요나"처럼 예언자를 자처하거나 그걸 심판하고 "증언"하는 "판관"의 역할을 수행하는 시인이고자 한다. 하지만 그는 동시에 끊임없는 분열과 모순으로 얼룩진 통한의 역사 속에서 아이러니하게도 자신이 만든 "암소에 갇힌" 채 "울부짖는"(「시칠리아의 암소」) '아테네의 명장 펠릴로'처럼 희생될 수밖에 없는 운명의 소유자임을 분명하게 자각하고 있는 시인이라 할 수 있다.

유종 시인은 이번 첫 시집을 통해, 이른바 "기름밥 땀나게 먹던 시절"을 "사실 푸른 독 데쳐 먹던 날들"의 연속으로 회고하고 있다. 그러면서 "차라리 냉정하게 모든 원인을 짓이기고 싶었던" 그 노동의 "시간"과 "작별"(「푸른 독을 품는 시간」)을 고하고자 한다. 마치 "먼 항해를 끝낸 배들"처럼 또한 그 어딘가에 "접안"(「노안老眼」)한 바로 그 지점에 새로운 삶과 역사의 "첫차를 출발"(「후야」)시키고자 한다. 마침내 "정기 검수 차량 볼스타"에 "붙어 앙버티는" "몇 올"의 "머리카락" 같은 세상과의 "불화를 끝내"(「생」)고 몇 편의 시를 길동무 삼아서, 여전히 "질곡"과 "폭압의 한 시대"를 '푸른 독'처럼 품은 채 "멀리 나는 새"(「가거도」)가 되고자 한다.

어쩌면 너무도 늦게 나온 유종 시인의 이번 시집은 지난 시대의 자신의 삶과 시에 대한 "곡진한 이별"과 동시에 "내일을 미리 당겨"(「바람 속의 여자」) 쓰고자 하는 욕망이 함께 공존하고 있는 출사표적인 성격의 시집이다. 오래전에 유종이라는 한 개인을 '시인'으로 내보낸 자로서 나는 그의 진지함과 치열성을 믿는다. 이제 본격화된 그의 시적 장도^{壯途}에 큰 성취와 영광이 있기를 진심으로 빌어본다.

푸른 독을 품는 시간

초판 1쇄 발행 2022년 12월 01일

지은이 유종
펴낸이 조기조

펴낸곳 도서출판 b
등　록 2003년 2월 24일 (제2006-000054호)
주　소 08772 서울시 관악구 난곡로 288 남진빌딩 302호
전　화 02-6293-7070(대) 팩시밀리 02-6293-8080
누리집 b-book.co.kr 전자우편 bbooks@naver.com

ISBN 979-11-89898-86-1　　03810
값_12,000원